LES
PATRIOTIQUES

PAR

ALEXANDRE MARIE.

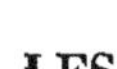

Vous qui tenez leur grandeur prisonnière,
Palais des rois, valez-vous ma chaumière?

Mme DUFRESNOY.

ROUEN.

IMPRIMÉ PAR D. BRIÈRE,
RUE SAINT-LO, N° 7.

1835.

LES

PATRIOTIQUES

LES

PATRIOTIQUES,

PAR

ALEXANDRE MARIE.

Vous qui tenez leur grandeur prisonnière,
Palais des rois, valez-vous ma chaumière ?

Mᵐᵉ DUFRESNOY.

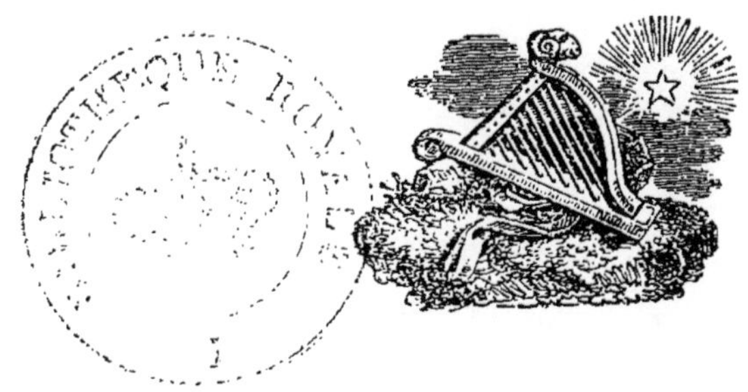

ROUEN.

IMPRIMÉ PAR D. BRIÈRE,

RUE SAINT-LO, Nº 7.

1835.

LES

PATRIOTIQUES.

A MES LECTEURS.

Je n'irai point, servile adulateur,
　　Inspiré par la flatterie,
Pour mendier un regard de faveur,
　　Supporter les airs de hauteur
　　De telle ou telle seigneurie.
　　La naissance, jeu du hasard,
　　Le dais, le sceptre, la couronne,
Futiles ornements que le luxe environne,
　　Et dont la torche et le poignard
　　Reçoivent l'insultante aumône,
Ne verront point mes pas honorer leurs lambris !
　　Soyez fiers de votre opulence;

Gardez votre or, vils favoris ;
Pour entacher vos fronts d'opprobre et de mépris
Je garde mon indépendance !...
Arrière, esclaves à l'engrais ;
Automates dorés de la mère patrie,
Le Crésus qui vous salarie,
D'un stigmate de honte en empreignant vos traits,
Cache sous vos habits, vétérans des palais,
Un cœur sec, une ame flétrie !...
Fuyez aussi, poètes du pouvoir,
Dont la plume prostituée
Prend, au gré d'une caste huée,
Ou la férule ou l'encensoir.
Journaliste à l'esprit servile,
Toi, qui, dénonçant les cafards,
Te déchaînes contre Basile,
Dont l'ame mercenaire et vile
Fut si long-tems en butte à tes malins brocards,
Cupide Figaro, honte à ta félonie !...
Pourquoi, vendant ta liberté,
Fis-tu d'un homme de génie
L'esclave de la royauté ?

Et toi, qui du sceau de ta haine
Osas flétrir le front des rois,
Dont la lyre républicaine
Du peuple chanta les exploits,
Barthélemi!... toi que la France
Saluait d'un transport d'amour,
Quelle fut ta reconnaissance!!!...
Tu sus aussi, famélique vautour,
D'un bec de fer ouvrir la cassette royale,
Et, te glorifiant du titre de vendale,
En arrêtant ton noble essor,
Abrutir ton génie, et vendre au poids de l'or
Ton opinion libérale!...
Enorgueillissez-vous de votre lâcheté,
Renégats!... croupissez dans votre apostasie,
Et que la noire hypocrisie
Signe avec vous un odieux traité.
Pullulez aux salons du Louvre,
Dont la porte jamais ne s'ouvre
Aux accents de la vérité.
Des grands du siècle encensez la bassesse,
Grossissez votre coffre-fort;

La flatterie offre le passeport
Des honneurs et de la richesse.
Apprenez à plier le dos
Devant ces imberbes héros
Dont un galant boudoir est le champ de bataille,
Et qui, traitant le peuple de canaille,
L'accablent à l'envi de ruineux impôts,
De calomnie et de mitraille!...
Dans vos ames ma voix ne cherche point d'échos!..
C'est à vous seuls que j'offre mon hommage,
A vous, dont le cœur généreux,
Ayant en horreur l'esclavage,
Palpite après un avenir heureux;
Veuillez encourager ce recueil poétique;
L'indigence jamais n'abattra ma fierté:
Ma devise patriotique
Sera toujours: Honneur et liberté!

LE TRONE ET L'ÉCHAFAUD.

J'entends le roulement du tombereau de deuil ;
La cloche du beffroi tinte pour un cercueil,
        Et, sur un lugubre théâtre,
Ma tête va tomber sous le sanglant couteau,
        Devant une foule idolâtre
D'un spectacle de mort offert par le bourreau !...
        Pour mon ame point d'agonie ;
        Victime de la tyrannie,
Un échafaud ne peut abattre ma fierté ;
        Les chaînes de l'ignominie
N'ont point souillé ma noble adversité !
Mon œil sec fixera cette foule abrutie
Qui viendra se ruer contre mon char de mort.
Je verrai, sans pâlir, cette place investie
Par un peuple au cœur froid que l'esclavage endort ;

Lorsque mon corps, lié sur la planche à bascule,
Glissera vers l'éternité,
Méprisant les pensers d'une horde crédule,
Mon dernier cri sera : Liberté!... liberté!...
Ce cachot infect est un Louvre
Dont la porte jamais ne s'ouvre
Pour l'essaim parfumé d'esclaves à l'engrais
Qui, pullulant dans les palais,
Boit à longs traits, pressé d'une soif judaïque,
Dans des cristaux ciselés à grands frais,
Le sang de la classe civique;
Qui courbe le dos sous le faix
Dont le surcharge un pouvoir despotique.
Là, sur ce grossier escabeau,
Un pain noir, une cruche d'eau
Ont pour moi plus de prix que cette chère exquise,
Que tous ces vins délicieux
Que d'intrigans ambitieux
Savourent en flattant l'orgueil et la sottise.
Sur mon grabat, le bienfaisant sommeil
Vient m'offrir d'agréables songes;
Et, si ces séduisans mensonges

S'évanouissent au réveil,

De Damoclès la redoutable épée,

Dans le sang innocent trempée,

Ne vient point, menaçant mes jours,

D'un rêve de bonheur interrompre le cours.

Sous des rideaux de pourpre une couche moelleuse

Reçoit le corps musqué d'un vampire empourpré

Qui, roulant en tous sens son opulence oiseuse,

Croit en vain du remords fuir le dard acéré.

Il voit autour de lui des têtes expirantes,

Des spectres dont un glaive a déchiré le flanc,

Des membres mutilés, des entrailles fumantes,

Et des fleuves de sang!!!

Bientôt une sueur glacée

Ruisselle de son front royal.

Un trouble délirant agite sa pensée;

Il assiste aux apprêts d'un banquet infernal,

Et de terreur son ame est accablée

Par le tintement sépulcral

De la cloche du mausolée!...

Sa voix expire... un cauchemar de mort

Presse sa poitrine brûlante;

Et Némésis, bravant sa fureur impuissante,
Lui montre d'un tyran l'inévitable sort.
     Les grands du siècle ont demandé ma tête;
Mon cadavre sanglant va réjouir leurs yeux;
     Une heure encor!... Le supplice s'apprête...
Si de me voir mourir vous êtes curieux,
     Venez prendre part à la fête,
     Entendre mes derniers adieux;
L'image de la mort n'a point flétri mon ame;
     Le stoïcisme qui m'enflamme
     Me suivra jusqu'à l'échafaud;
     J'aurai l'œil serein, le front haut;
     Mon pouls ne battra pas plus vite;
     J'ai long-tems appris à souffrir!...
     Esclaves d'un royal Theriste,
     Venez tous apprendre à mourir!...
     Du cachot la porte ferrée,
     En tournant sur ses gonds bruyans,
     S'ouvre avec peine et donne entrée
     Aux satellites des tyrans.
     Salut, bourreau!... coupe ma chevelure;
Garrotte mes poignets... accomplis ton devoir:

Ni pleurs, ni cris de désespoir
N'entacheront mon ame libre et pure,
Partons !... De nos martyrs, adieu, nobles débris
Qui végétez sur la terre étrangère ;
Je meurs en vous aimant !... Une larme à ma mère !
Une pensée à mon pays !...

LE ROI DE LA FÈVE.

Forçant son humide prison,
Que le vin mousseux de Champagne,
En captivant notre raison,
Nous force à battre la campagne.
Joyeux amis, le verre en main,
Prolongeons un aussi doux rêve;
Pour fêter votre souverain,
Entonnez en chœur ce refrain :
Longue vie au Roi de la fève!

Je vois sur mes cheveux blanchis
Au pampre s'unir le lierre;
Cette couronne vaut son prix;
De la porter ma tête est fière!....
Une couronne d'or séduit...

Du Louvre à la place de Grève
Le peuple à son gré la conduit ;
Elle tombe, et la suit...
Longue vie au Roi de la fève !

Chez un Crésus, riche d'aïeux,
D'esclaves l'essaim famélique,
Mendie un regard orgueilleux
De son altesse despotique.
Ici, fêtant ma royauté,
Sans poignard, sans bronze et sans glaive,
Les enfants de la liberté
Chantent avec sécurité :
Longue vie au Roi de la fève !

Amis, plaignons le sort d'un roi
Qui, chaque jour, nouveau Protée,
Montre à ses sujets pleins d'effroi
Une couronne ensanglantée ;
Lassé de servir de jouet,
Soudain le peuple se soulève,
Et ce sceptre qu'il adulait

Dans ses mains devient un hochet :
Longue vie au Roi de la fève!

Loin des lambris dorés des cours,
Dans cette modeste retraite,
Prenant pour guide les amours,
Caressons et blonde et brunette;
Un œil humide de désirs
Nous provoque à rompre la trève.
Dieu malin, charme nos loisirs;
Mourons, pour renaître aux plaisirs :
Longue vie au Roi de la fève !

Le vin, en liquides rubis,
Emplit de nouveau chaque verre,
Bravons, pour Bacchus, pour Cypris,
Et Jupiter et son tonnerre.
Entendez les Ris et les Jeux,
Près du trône où le sort m'élève,
Fredonner ces accens joyeux :
Il est roi, mais il est heureux!...
Longue vie au Roi de la fève !

Craignant le sort des rois du jour,
N'ayant pas la soif des richesses,
A chacun de vous tour-à-tour
Je veux prodiguer mes largesses;
Mon règne étant sans lendemain,
De table qu'aucun ne se lève...
Bacchus, Cypris, jusqu'au matin,
Doivent embellir le destin
Des sujets du Roi de la fève!...

L'HOMME AU MASQUE DE FER.

Louis, quand sur ton front le diadême brille,
Lorsque, devant ton regard fier,
S'ouvrent portes, verroux et grille,
Roi comme toi, mon Louvre est la Bastille,
Ma couronne un masque de fer!

Depuis quinze ans, creusé par mes brûlantes larmes,
Ce masque hideux que je hais
Découvre au seul Saint-Mars la pâleur de mes traits.
Ah! si du moins j'avais des armes!...
Des armes!... Ces murs sont épais,
Mes geôliers sont nombreux; sicaires des palais,
Leurs ames sont intéressées;
Et leurs bouches cadenassées,
Muettes comme un froid cercueil,

N'ont point trouvé d'écho dans ce séjour de deuil.

      Mon frère, garde la couronne ;

      Garde tous ces riches joyaux,

      Tous ces futiles oripeaux

      Dont la puissance s'environne.

      Heureux de te céder mes droits,

      Tu me verras obéir à tes lois...

      Brise les fers de ta victime ;

      Pourquoi vouloir rendre orphelin

Le frère infortuné que ton pouvoir opprime ?

Ma mère ainsi que toi m'a porté dans son sein.

      Le même jour nous a vus naître.

      Aurais-je dû trouver un maître

Dans celui dont je dus partager le destin!...

Louis!... quand sur ton front le diadême brille,

      Lorsque, devant ton regard fier,

      S'ouvrent portes, verroux et grille,

Roi comme toi, mon Louvre est la Bastille,

      Ma couronne un masque de fer!...

      Au nom de notre tendre mère,

De ce lien sacré qui nous unit tous deux,
Ne rougis point de m'appeler ton frère.
    Si de mon cachot ténébreux
    Cette porte massive s'ouvre,
    Tu ne me reverras au Louvre
Que pour te demander des armes, un coursier!...
    Des grandeurs dédaignant le faîte,
    Je ne veux pour ceindre ma tête
    Qu'une couronne de laurier!...
    Ah! cède au désir qui m'enflamme!...
La trahison ne peut rien sur mon ame;
    Avec moi mourra mon secret.
    Que je sois ton premier sujet;
    Qu'aux champs belliqueux de la gloire.
Quelques vaillans hauts-faits illustrent ma mémoire,
    Et je serai fier de mon sort!...
    Ne me traite point en esclave;
    Que ton frère puisse d'un brave
    Trouver la glorieuse mort!

Louis, quand sur ton front le diadême brille,
    Lorsque, devant ton regard fier,

S'ouvrent portes, verroux et grille,
Roi comme toi, mon Louvre est la Bastille,
Ma couronne un masque de fer!...

Toi seule me plains, ô Marie!...
Toi seule oses former des vœux
Pour l'avenir d'un malheureux
Au corps débile, à l'ame endolorie...
Si la pitié guidait tes pas
Vers la tombe où, spectre, végète
Celui que ton amour regrette,
Tu ne le reconnaîtrais pas!...
A mon front chauve, à mon visage pâle,
A mon peu de cheveux blanchis par les douleurs,
A mes yeux fatigués de pleurs,
A ma poitrine en feu qui râle,
Tremblante d'horreur et d'effroi,
Tu fuirais un hideux fantôme;
Et cependant ce corps qui n'a plus rien d'un homme
Est celui de Gaston, du frère aîné d'un roi!...
Mon cœur seul est toujours le même;
Pour toi, Marie, il bat encor...

Oui, mon amour est un trésor
Où n’atteint point le rang suprême!...
C’est ma pensée!... On ne peut la flétrir!...
Dans la tombe, elle doit me suivre...
Depuis quinze ans je respire sans vivre ;
Depuis quinze ans, je m’éteins sans mourir!
Le trépas n’a rien qui m’alarme ;
Je le demande à chaque instant du jour ;
Pour tant de maux, pour tant d’amour.
Marie!... un baiser... une larme !...
Et que je meure après... Insensé! quel souhait!...
C’est le rêve d’un fou!... Le cadavre d’un frère
Va réjouir tes yeux... Louis, sois satisfait :
A toi la pourpre... A moi le linceul mortuaire!...

LE BATARD.

—

Je suis bâtard ! Ma mère est la nature;
　　J'ai le front haut, le regard fier,
　　Et, pour repousser une injure,
　　Un cœur d'homme, une main de fer!

　　Le monde est mon vaste domaine;
　　De sots préjugés délivré,
　　J'empreins d'un stygmate de haine
　　De vils flatteurs l'essaim titré,
　　Qui fléchit sous la lourde chaîne
Dont le surcharge un vampire empourpré.
　　Oui, mon sort est digne d'envie;
　　C'est un brûlant transport d'amour
　　Payé du plus tendre retour
Qui m'a donné ce qu'on nomme la vie...

Bravant l'avenir incertain,
Foulant aux pieds mon origine,
Seul, aux grandeurs je m'achemine ;
L'ambition me tend la main ;
Bientôt la faveur populaire,
Comme une lave incendiaire,
M'embrâsant de feux dévorans,
Je ris au fort de la tempête ;
Et, levant hardîment la tête,
Sans nom, sans titres, sans parens,
De l'opprimé ma voix est le noble interprète.
Je vois ces futiles hochets
Qu'avec l'or la pourpre environne
A mes mains servir de jouets ;
Des rois je méprise l'aumône ;
Et d'un pas dédaigneux parcourant leurs palais,
Mon œil d'aigle répand la pâleur sur leurs traits.

Je suis bâtard ! Ma mère est la nature ;
J'ai le front haut, le regard fier,
Et, pour repousser une injure,
Un cœur d'homme, une main de fer !

Arrière! horde famélique!...
Arrière!... tu me fais pitié;
Crains de souiller ma couronne civique;
Le bâtard à l'ame stoïque
Rougirait de ton amitié.
Tes parchemins, je les méprise!
Que sont tous ces titres pompeux?
Un passeport pour la sottise
Et pour le peuple un cancer venimeux!
Mes parchemins, à moi, c'est le génie!
Mes titres, mes grandeurs, la popularité!
L'univers ma châtellenie!
Et mes trésors la liberté!!!...

Je suis bâtard! ma mère est la nature;
J'ai le front haut, le regard fier,
Et, pour repousser une injure,
Un cœur d'homme, une main de fer!

Vous qui brûlez de flammes adultères,
Vous pour qui l'amour n'est qu'un jeu,
Femmes! venez à moi: que mon souffle de feu

Puisse décolorer vos lèvres mensongères.
Si j'entache vos fronts du sceau du déshonneur,
Si de vos traits la fraîcheur est ternie ;
        Vous me verrez, d'un sourire moqueur,
            Insultant à votre agonie,
            M'abreuver de votre douleur.
            En vain vos yeux noyés de larmes
            De votre cœur me montreront le deuil ;
            Je serai sourd et froid comme un cercueil.
            Heureux d'avoir flétri vos charmes,
Le bâtard vous dira : Que voulez-vous de moi ?
            J'ai subi la commune loi.
            Si, sur une couche moelleuse,
            Par de brûlans, de criminels désirs,
            Alimentant votre flamme amoureuse,
Vous avez épuisé la coupe des plaisirs ;
Si le gage innocent d'une indigne faiblesse
            Reçoit pour dot un hôpital,
            Que craindre ?... Le lit conjugal,
Muet et seul témoin d'une coupable ivresse,
N'ira pas divulguer les secrets du boudoir.
C'est un bâtard de plus qu'une mère délaisse ;

C'est un fils malheureux qu'elle ne doit plus voir !
De la pitié pour vous ! Mon cœur n'en peut avoir.

Je suis bâtard ! ma mère est la nature ;
    J'ai le front haut, le regard fier,
    Et, pour repousser une injure,
    Un cœur d'homme, une main de fer !

    File, brillante, mon étoile ;
    L'avenir sourit à mon sort ;
    Mon esquif, sans rame ni voile,
Légèrement glissera vers le port.
Ma mère ! garde-toi de te faire connaître ;
La femme qui rougit de me nommer son fils,
Ne recevrait de moi que froideur et mépris.
Je dois vivre et mourir sans maître !...
    Si dans le monde, par hasard,
    Tes yeux rencontraient mon regard,
Détourne-les, redoute un funeste délire ;
    Ma bouche pourrait te maudire...
    Tu ne connais pas le bâtard !!!...

LE BATARD.

—

Je suis bâtard, et le monde me fuit;
Il me demande un nom, un rang, de l'opulence;
Sous mon humble châlet son mépris me poursuit;
Son rire sardonique insulte à ma souffrance.
J'ai pour ami fidèle un chien,
Qui lèche ma main amaigrie,
Et dont le muet entretien
Sait calmer les chagrins de mon ame attendrie.
Le malheur me rend-il brutal?
De cet oubli sa tendresse est blessée,
Et dans son œil humide, où je lis sa pensée,
Se peint un reproche amical.

Pauvre chien! sous le toit qui couvre ma misère
On me verrait renaître à la félicité,

Si je pouvais unir à ta fidélité

    L'amour et le cœur d'une mère!...

    Pour adoucir ma cruelle douleur,

Accorde à mon amour une faveur bien chère ,

Dieu de bonté ! fais-moi connaître le bonheur

De me sentir pressé sur le cœur d'une mère.

    O ma mère! entends mon appel ;

    Réalise mon espérance ,

    Que par moi ton sein maternel

Soit humecté des pleurs de la reconnaissance ;

    Tu ne peux vouloir mon trépas ;

    Ne sois point sourde au cri de la nature ;

Entends au fond du cœur cette voix qui murmure :

    A ton enfant ouvre les bras!...

Pauvre chien! sous le toit qui couvre ma misère,

On me verrait renaître à la félicité,

Si je pouvais unir à ta fidélité

    L'amour et le cœur d'une mère!...

    Mais si l'honneur te défend de nommer

Ce fils, gage honteux d'une coupable ivresse,

Il n'a pas le pouvoir de t'empêcher d'aimer
L'enfant dont le bonheur dépend d'une caresse.
  Foulant aux pieds un sot orgueil,
   Te riant de la calomnie,
   Rends-toi vers l'asile de deuil
Qui, depuis vingt hivers, voit ma longue agonie.
   Je n'ai pas de riches habits,
   L'or n'a jamais décoré ma chaumière ;
Mais mon corps, recouvert d'une écorce grossière,
   Cache l'ame vierge d'un fils!...

Pauvre chien ! sous le toit qui couvre ma misère,
On me verrait renaître à la félicité,
Si je pouvais unir à ta fidélité
   L'amour et le cœur d'une mère!...

   Quitte un instant ces superbes lambris,
Ces palais habités par la fière opulence ;
D'un fils abandonné viens voir les traits flétris ;
Qu'un seul de tes baisers le rende à l'existence.
   Ce n'est pas de l'or que je veux ;
   Riche de ta seule tendresse,

Toi seule peux combler mes vœux ;
Viens rendre à ton enfant caresse pour caresse ;
Que je puisse entendre ta voix ;
Qu'auprès de moi je te possède une heure,
Et je préférerai ma modeste demeure
Au Louvre somptueux des rois....

Pauvre chien ! sous le toit qui couvre ma misère,
On me verrait renaître à la félicité,
Si je pouvais unir à ta fidélité
L'amour et le cœur d'une mère !

Vœux impuissans ! Mes cris sont sans échos ;
Le préjugé, ce monstre à figure hideuse,
De sa griffe de fer perçoit d'affreux impôts
Sur le gage innocent d'une flamme honteuse.
Fatal messager du Destin,
Sentinelle sombre et livide,
Le malheur m'a tendu la main ;
Jusqu'au seuil de la tombe il doit être mon guide.
Mes yeux sont fatigués de pleurs ;
Je n'ai jamais pu sourire à la vie,

Et le banquet funèbre où le sort me convie
      Verra la fin de mes douleurs.

Pauvre chien! sous le toit qui couvre ma misère,
On me verrait renaître à la félicité,
Si je pouvais unir à ta fidélité
      L'amour et le cœur d'une mère!...

      Ferme mes yeux, ô bienfaisant sommeil!
Toi seul me rends heureux. Mon bonheur n'est qu'un songe
Que la vérité chasse au moment du réveil;
N'importe! j'ai joui d'un séduisant mensonge.
      Je ne suis plus un orphelin;
      Je vois ma mère me sourire,
      L'avenir n'est plus incertain;
De l'amour maternel mon cœur connaît l'empire.
      Que ne puis-je toujours dormir!
Toujours dormir! Dans mon ame oppressée
Chaque jour s'agrandit cette triste pensée :
      N'être plus... c'est ne plus souffrir!...

Pauvre chien! sous le toit qui couvre ma misère,

LES BAGATELLES DE LA PORTE.

—

Nargue de l'envie et des sots ;
Je veux chanter, quoi qu'on en dise.
Momus, prête-moi tes grelots ;
Franche gaîté, c'est ma devise.
Au censeur qui veut s'aviser
De blâmer les traits que je porte,
Je réponds : C'est assez causer ;
Je n'aime pas à m'amuser
Aux bagatelles de la porte.

Désirant connaître Paris,
Frédéric quitte son village ;
Les Jeux, les Grâces et les Ris
Charment les ennuis du voyage.
Envieux de fraterniser,

Il prodigue l'or qu'il apporte,
Croyant se ridiculiser,
S'il osait jamais s'amuser
Aux bagatelles de la porte.

A la prude Agnès, dont l'humeur
Fit échouer mainte entreprise,
Frédéric a donné son cœur;
Jugez un peu de sa surprise :
Craintif, il ose proposer
Une somme d'or assez forte ;
Agnès, loin de la refuser,
Lui dit : C'est assez s'amuser
Aux bagatelles de la porte.

En butte à maint et maint brocard,
Trompé par un sexe volage,
Frédéric rompt, mais un peu tard,
Les fers d'un honteux esclavage.
S'étant laissé dévaliser,
Fuyant Lutèce, il n'en rapporte
Qu'un témoin prêt à l'accuser

D'avoir fait plus que s'amuser
Aux bagatelles de la porte.

Un octogénaire à Lison
Voulut unir sa destinée ;
L'amour, avec juste raison,
Vit à regret cet hyménée.
Ne pouvant plus temporiser,
De son mieux Orgon se comporte ;
Mais il eut beau s'électriser,
Il fut forcé de s'amuser
Aux bagatelles de la porte.

Sur un trône éblouissant d'or,
Un roi que la pourpre environne,
Ne prenant que lui pour mentor,
Ternit l'éclat de sa couronne ;
Désireux de thésauriser,
Il sait sourire aux coups qu'il porte :
Son orgueil est d'en imposer
Au peuple qu'il voit s'amuser
Aux bagatelles de la porte.

Pour conserver la liberté,
Prix de ton stoïque courage,
Peuple, oppose à l'adversité
Un front prêt à braver l'orage.
Ne te laisse point mépriser ;
Que l'honneur te serve d'escorte ;
D'un vil Judas crains le baiser :
Il n'est plus tems de t'amuser
Aux bagatelles de la porte.

De s'inscrire au temple du goût
Chaque poète a la manie ;
Mais, hélas ! le passe-partout
Ne s'accorde qu'au vrai génie.
Cherchant toujours à s'abuser,
De rimailleurs une cohorte,
Espérant s'immortaliser,
Passe son tems à s'amuser
Aux bagatelles de la porte.

J'AVAIS QUINZE ANS.

J'avais quinze ans : mon troupeau, ma houlette
Ne pouvaient plus suffire à mon bonheur.
Dans le vallon me trouvais-je seulette,
Mal inconnu faisait battre mon cœur :
      J'avais quinze ans !

J'avais quinze ans : les baisers d'une mère
Laissaient un vide en mon cœur attristé.
Des pleurs amers humectaient ma paupière ;
Rien ne calmait mon esprit agité :
      J'avais quinze ans !

J'avais quinze ans : vers la sainte chapelle
Devoir pieux n'appelait plus mes pas ;
Rians coteaux, doux chant de Philomèle,
Danse des champs ne m'offraient plus d'appas :
      J'avais quinze ans !

J'avais quinze ans : sur mon humble couchette
Tendre sommeil ne fermait plus mes yeux ;
Je soupirais ; une langueur secrète
Me tourmentait d'un désir curieux :
            J'avais quinze ans !

J'avais quinze ans : simple, modeste et sage,
Pauvrette, hélas! je voulais fuir l'amour.
Edwin parla ; j'écoutai son langage ;
Mon cœur ému le paya de retour :
            J'avais quinze ans !

J'avais quinze ans : plus de mélancolie!...
Je renaissais ; l'avenir me charmait ;
Au bien-aimé je paraissais jolie ;
J'étais heureuse alors ; Edwin m'aimait :
            J'avais quinze ans !

J'avais quinze ans : le seigneur du village
Par ses aveux crut séduire mon cœur ;
Je dédaignai son fastueux hommage ;

Dans mon Edwin était tout mon bonheur:
    J'avais quinze ans!

J'avais quinze ans: le chaume héréditaire
Devint pour moi le plus brillant palais;
A ton amant tu sauras toujours plaire,
Disait Edwin; et moi je le croyais....
    J'avais quinze ans!

J'avais quinze ans: un jour, trop téméraire,
Edwin voulut un gage encor plus doux;
L'Amour parlait, la Raison dut se taire;
Dans un amant je crus voir un époux :
    J'avais quinze ans!

J'avais quinze ans : lassé d'être fidèle,
En me léguant le sceau du déshonneur,
Edwin brûla d'une flamme nouvelle,
Et d'un œil sec sourit à ma douleur :
    J'avais quinze ans!

J'avais quinze ans: mon bonheur fut un songe.
A mon réveil, larmes, regrets et deuil;
Serment d'amour ne fut qu'un doux mensonge.
La vérité m'offrit un froid cercueil...
J'avais quinze ans!

LES POURQUOI.

—

Pourquoi n'est-il plus permis
De rire avec ses amis,
Ni de fronder librement
Les torts du gouvernement ?
    Je me tais,
    Je me tais,
    La franchise
    Scandalise ;
    Je me tais,
    Je me tais :
Pourtant je suis bon Français.

Pourquoi le vice à Paris
Effarouche-t-il les Ris,
Et vois-je un sexe éhonté
Faire fuir la Volupté ?
    Je me tais, etc.

Pourquoi le palais royal
Est-il l'abîme infernal
Où tour-à-tour s'engloutit
Rang, fortune, honneur, crédit?
 Je me tais, etc.

Pourquoi vois-je des auteurs
Ramper en solliciteurs,
Et mendier en tremblant
Le prix qu'on doit au talent?
 Je me tais, etc.

Pourquoi, pour un bon repas,
L'honneur saute-t-il le pas,
Et l'or fait-il d'un vaurien
De suite un homme de bien?
 Je me tais, etc.

Pourquoi, lorsqu'un parchemin
Peut aplanir le chemin,
Ne se montre-t-il porteur
Du cachet qu'empreint l'honneur?
 Je me tais, etc.

Pourquoi voyons-nous, sans pain,
Des guerriers tendre la main,
Lorsque sur tant de forbans
Brillent et croix et rubans?
    Je me tais, etc.

Pourquoi voit-on chaque jour
L'honneur déserter la cour,
L'intrigue lui succéder,
La France se dégrader?
    Je me tais, etc.

Puisqu'Ignace est revêtu
Du manteau de la vertu,
Pourquoi sur ses étendards
Voit-on torches et poignards?
    Je me tais, etc.

On nomme nos députés
Soutiens de nos libertés:
Pourquoi, vendus au pouvoir,
Ont-ils trahi leur devoir?
    Je me tais, etc.

Pourquoi l'hôtel Rivoli
Est-il si long-tems sali
Par le famélique essaim,
Plat valet d'un chef hautain?
    Je me tais, etc.

Pourquoi le jute-milieu,
Qui cache si mal son jeu,
Ne ressent-il point l'effet
Du beau soleil de Juillet ?
    Je me tais, etc.

Si, sur le palais des rois,
Le peuple a gravé ses droits,
Pourquoi le roi d'aujourd'hui
N'est-il pas son noble appui?
    Je me tais,
    Je me tais,
    La franchise
    Scandalise ;
    Je me tais,
    Je me tais :
Pourtant je suis bon Français.

LES DERNIERS ADIEUX.

—

C'est là que m'attend Azélie ;
Là furent nos derniers adieux.
Ah ! combien elle était jolie !...
Que d'amour exprimaient ses yeux !...
Combien son regard était tendre !...
Trouble heureux agitait mon sein
Quand sa voix me faisait entendre :
Adieu, mon Albert, à demain.

Plus de chants d'amour, ô ma lyre !
Soupire des adieux de deuil ;
Mes lèvres n'ont plus de sourire ,
Mon cœur est froid comme un cercueil.
Là dort à jamais ma fiancée ;
Hélas ! ma voix l'appelle en vain.
Mais j'ai deviné sa pensée...
Adieu, mon amie, à demain.

Tu n'es plus, et je vis encore !
Que la mort est longue à venir !
Albert, au lever de l'Aurore,
Ne sera plus qu'un souvenir...
Sous cette pierre funéraire
Je vais partager ton destin.
Là pour toujours... Adieu, ma mère...
Adieu, bien-aimée... à demain...

LA POLOGNE.

—

Au bruit des camps succède un effrayant silence.

    Ils ne sont plus ces cœurs si généreux.

    Un trépas des plus glorieux,

    Voilà le prix de leur vaillance!

Des nobles Polonais déplorons le destin ;

    Ils étaient nos compagnons d'armes!...

Ils ne sont plus!... Coulez, coulèz, mes larmes.

    Toi, Clio, saisis le burin !

Inscris en lettres d'or au temple de mémoire

Les exploits éclatants d'un peuple de héros;

Montre à tout l'univers leurs belliqueux travaux ;

Grossis de leurs hauts-faits les pages de l'histoire!

    O liberté ! de tes nobles enfans

    En vain foulera-t-on la cendre !

    Ils sont tous morts pour te défendre,

Après avoir été l'effroi de leurs tyrans.

Leurs yeux sont à jamais fermés à la lumière ;
A ton nom, leur cœur ne bat plus ;
Et les lambeaux sanglans de leur noble bannière,
Muets témoins de leur valeur altière,
Montrent leurs efforts superflus !
Forcé de rendre hommage à leur trépas stoïque,
L'ennemi fixe avec terreur
Ces visages glacés où se lit d'un grand cœur
Le dernier penser héroïque !
Ils ne sont plus !... la victoire est à vous ;
D'un joug avilissant chérissez les entraves,
Vandales !... votre sort est de vivre en esclaves ;
Devant la royauté fléchissez les genoux.
La liberté ne peut rien sur votre ame.
En contemplant ses glorieux débris,
Votre cœur desséché n'en peut sentir le prix ;
Rien de grand ne l'émeut ; rien de grand ne l'enflamm
Ah ! si vous connaissiez ses généreux bienfaits !..
Tout est possible à celui qu'elle inspire.
Un cœur soumis à son empire
D'un triomphe certain couronne ses souhaits.

A sa noble voix, l'Helvétie,
Nommant pour chef Guillaume Tell,
Sut, secouant son inertie,
Purger le sol de sa patrie
D'un tyran farouche et cruel!...
Par elle l'homme des deux mondes,
Confiant son destin aux ondes,
Aborde en un climat lointain,
Bientôt sa redoutable épée,
Dans le sang d'Albion trempée,
Donne l'indépendance au peuple américain.
La Grèce en héros si féconde,
Après avoir dicté des lois au monde,
Esclave, gémissait dans un honteux oubli ;
Rappelant son antique gloire,
Elle pousse un cri de victoire,
S'arme... Ses tyrans ont pâli!...
En vain l'atroce barbarie
Que guide une aveugle furie,
Pense river les fers d'un peuple révolté :
Rien n'arrête l'élan sublime
D'une nation magnanime

Qui combat pour la liberté !

Oui, la Pologne encor peut voir des jours prospères;

Français, volez à de nouveaux exploits;

Entendez sa mourante voix

Vous reprocher le trépas de vos frères....

Si, combattant pour vous, leurs belliqueux drapeaux

Se sont couverts d'une immortelle gloire;

Si, par d'héroïques travaux,

Ces fils chéris de la victoire

Ont trouvé dans vos camps de glorieux tombeaux,

Armez-vous!.. soutenez une si belle cause.

Du colosse du Nord punissez les excès;

Ennoblissez le nom français;

Armez-vous!... trop long-tems la Pologne s'arrose

Du sang de ses fils expirans;

Français! guerre à mort aux tyrans!

C'est un devoir sacré que l'honneur vous impose.

La liberté guide vos pas;

Pour elle, il est beau de combattre;

A ces héros que rien ne peut abattre,

Prêtez, prêtez le secours de vos bras.

De la sainte déesse arborez la bannière,

Secouez ce honteux sommeil ;
Peuples, entrez dans la lice guerrière ;
Pour vous a lui l'instant d'un terrible réveil !
Soyez tous unis ; plus de haines !
Sur le trône ébranlé des rois
Accourez déposer vos chaînes :
C'est à vous maintenant à leur dicter des lois !

CHANSON ANACRÉONTIQUE ET BACHIQUE.

—

Le front joyeux, le verre en main,
   Disciples d'Idalie,
   Invoquons la folie;
C'est elle qui nous met en train.
   Cristal qui brille,
   Vin qui pétille,
   Charmant quadrille,
   Aimable et jeune fille,
Doivent fixer dans ce séjour
Les Ris, les Grâces et l'Amour.
   Trinquons,
   Buvons,
Puis en chœur répétons :
Gloire aux amans fidèles
De la table et des belles.

Noyons les présens dont Comus
   Surcharge cette table,
   Dans le jus délectable
Que nous offre le gai Bacchus.
   Cœur n'osant dire
   Ce qu'il désire,
   Connaît l'empire
   D'un baiser, d'un sourire.
Par des préludes amoureux
Provoquons les plus doux aveux :
   Trinquons, etc.

Quand du punch les flots bouillonnans
   Jettent de vives flammes,
   Avec d'aimables femmes,
Amis, soyons entreprenans :
   Près d'une belle
   Soupir révèle
   Flamme nouvelle
   Dont son œil étincelle ;
Puisqu'il nous envoie un cartel,

Sachons répondre à cet appel :
     Trinquons, etc.

N'envions point le sort des rois :
  Qu'est-ce qu'une couronne ?
  Celle que l'amour donne
Doit seule fixer notre choix.
     Gaze légère,
     Où l'art de plaire
     Croit se soustraire
     Au regard téméraire,
Se soulève!... Alors à nos yeux
S'offre un tableau délicieux...
     Trinquons, etc.

La pendule au son argentin
  D'une aiguille dorée
  Marque l'heure adorée
Où triomphe le dieu malin.
     Fils de Sylène,
     De ton domaine
     La coupe pleine,

Le désir nous entraîne
Vers l'alcove où le plaisir luit,
Où l'amour fredonne sans bruit :
En bons
Lurons ,
Sans vider les arçons ,
Soyez amans fidèles
De la table et des belles.

NAPOLÉON.

—

Napoléon!... A ce nom qui rappelle
Tant de splendeur, de gloire et de hauts faits ;
A ce grand nom, ma mémoire fidelle
Veut célébrer ce héros des Français
Qui fit pâlir les rois dans leurs palais.
Lâches tyrans, que la sottise encense,
Qui méritez le sort de Lycaon,
La tête nue, écoutez en silence :
Je vais chanter le grand Napoléon !

Les yeux en pleurs, la malheureuse France
Ne voyait plus que sang, que mort, que deuil,
Quand un héros, par sa rare vaillance,
De la patrie et l'espoir et l'orguéil,
Sut pour un sceptre échanger son cercueil.
Aux champs de Mars la valeur le couronne ;

Les rois tremblans implorent un pardon ;
Et, sur l'airain que la gloire environne,
L'histoire inscrit le grand Napoléon !

Sur le Thabor que le palmier ombrage,
Sur les remparts orgueilleux du Kremlin ,
Aux bords fleuris arrosés par le Tage,
Dans le pays qu'habite le Germain ,
Et sur le sol de l'empire romain ,
L'aigle, vainqueur dans la lice guerrière ,
De la patrie ennoblissait le nom ,
Et tous les rois saluaient la bannière
Que protégeait le grand Napoléon !

Ivres d'orgueil, voulant de nouveaux maîtres ,
Notre patrie a vu des maréchaux,
En marchandant le stigmate des traîtres,
Déshonorer ses glorieux drapeaux
Et trafiquer du fruit de ses travaux.
D'or et d'emplois la noblesse affamée
A sur le trône assis un roi Bourbon ;

Mais l'exilé, fier de sa renommée,
Se dit encor : Je suis Napoléon !...

Las de souffrir un honteux esclavage,
Des cris d'amour appellent le héros :
Il les entend, et son bouillant courage
Lui fait braver le caprice des flots,
Tant pour son cœur la France a des échos !...
Il la revoit cette terre chérie :
Peut-il en craindre un nouvel abandon,
Quand les guerriers de la mère-patrie
Fêtent en chœur le grand Napoléon?

A Waterloo, l'acier luit, l'airain tonne ;
Mais la Victoire a fui nos étendards :
L'aigle succombe, et la Gloire s'étonne
De voir mourir les nourrissons de Mars,
En l'accusant de leurs derniers regards.
L'honneur sans tache ennoblit seul la tombe
Que leur creusa l'infame trahison,
Et l'univers honora l'hécatombe
De ces héros chers à Napoléon!

Sur un rocher battu par la tempête
Est exilé le plus grand des héros ;
L'adversité ne peut courber sa tête,
Et son regard fait pâlir ses bourreaux...
Mais sa grande ame a fini ses travaux.
Le sol français réclame le grand homme !...
Lorsque la mort fit ouvrir sa prison,
La Gloire dit : La Colonne Vendôme
Est le tombeau du grand Napoléon !

Ce monument auguste où la Victoire
Brille à nos yeux d'une illustre splendeur,
Ce monument est l'éloquente histoire
De ce soldat fait deux fois empereur,
Dont l'univers admira le grand cœur.
Sur la Colonne on revoit sa statue ;
Et quand nos cœurs battent à l'unisson,
L'aigle étonné crie !... et, fendant la nue,
Plane au-dessus du grand Napoléon !

Cette statue est sa digne épopée ;
Honneur à Seurre, à son savant ciseau !

Oui, du héros, c'est l'héroïque épée,
C'est le regard, c'est le petit chapeau
Qui saluait notre ondoyant drapeau;
C'est bien le frac, la redingote grise,
Riches de gloire et du plus haut renom :
De l'empereur voilà la simple mise...
Gloire immortelle au grand Napoléon!

LES CROIX.

—

D'une croix,
D'une croix
L'influence
Est grande en France;
D'une croix,
D'une croix
Chacun ici-bas fait choix.

Un uniforme brillant,
D'or et de croix scintillant,
Couvre le corps maigrelet
D'un héros d'estaminet :
D'une croix, etc.

Sous le chaume hospitalier,
Où végète un vieux guerrier,

On voit une croix-d'honneur,
Prix de vingt ans de valeur !
    D'une croix, etc.

Semant la mort et le deuil,
Les *verdets* avec orgueil
Avaient orné leurs habits
De la noble croix du lys...
    D'une croix, etc.

Grandes et petites croix
Font l'ornement des convois;
Dans le fond d'un froid cercueil
Gît un fantôme d'orgueil!...
    D'une croix, etc.

Auprès d'un riche tombeau,
Produit d'un savant ciseau,
Se voit une simple croix
De fer, de pierre ou de bois :
    D'une croix, etc.

Prêchant la rebellion,
La très-sainte mission
Vend en commerce secret
Croix, cantique et chapelet:
        D'une croix, etc.

De la croix le diable a peur,
Nous dit-on : c'est une erreur,
Puisque sa horde en ces lieux
Nous ouvre à son gré les cieux :
        D'une croix, etc.

Quand sur le palais des rois
Le peuple eut gravé ses droits,
Le prince qu'il couronnait
Offrit la croix de Juillet:
        D'une croix, etc.

Les femmes pour ornemens
Ont des croix de diamans,
Dont fort souvent les maris
Ne connaissent point le prix:
        D'une croix, etc.

Pour chasser l'esprit malin
Qui fait palpiter son sein,
Fillette au gentil minois
Fait le signe de la croix.
      D'une croix, etc.

J'aime à voir une croix d'or
Parer un sein vierge encor ;
Sous son ruban de velours
Folâtre un essaim d'amours.
      D'une croix, etc.

Tenant la croix d'une main,
De l'autre un fer assassin,
L'Espagnol, riche en forfaits,
Frappe, prie et dort en paix.
      D'une croix, etc.

D'après les arrêts du sort,
De leur naissance à leur mort,
Rois, citadins, villageois,
Portent tour-à-tour leur croix.

D'une croix,

D'une croix

L'influence

Est grande en France ;

D'une croix,

D'une croix

Chacun ici-bas fait choix.

LE PREMIER BAISER D'AMOUR.

Lise, jeune, aimable et jolie,
Ignorant la douceur d'aimer,
Jurait (quelle était sa folie!)
De ne point se laisser charmer.
Léon la voit, Léon l'adore,
Veut obtenir un doux retour;
Vain espoir! Lise ignore encore
Le premier baiser de l'amour!...

Propos flatteurs, tendres promesses,
Abaissent enfin sa fierté;
Bientôt d'innocentes caresses
Viennent sceller leur doux traité.
Ne vivant que pour la tendresse,
A ses yeux luit un nouveau jour:
Lise savoure avec ivresse
Le premier baiser de l'amour!...

Léon, qu'un moment favorise,
Veut tenter le plus doux larcin;
La belle craint d'être surprise,
Mais sa vertu s'éveille en vain.
Le désir parle, elle l'écoute...
Et Lise connaît à son tour
Tout ce que vaut, tout ce que coûte,
Le premier baiser de l'amour!...

L'INSENSÉ.

—

Pourquoi cette porte massive,
Dont les grilles et les verroux
Tiennent ma liberté captive?
Pourquoi des sbires en courroux
Viennent-ils effrayer mon oreille craintive ?
Sur cette paille infecte, humide de mes pleurs,
Mon corps endolori végète;
N'ai-je pas épuisé la coupe des douleurs?
La vengeance des rois n'est-elle pas complète ?
Que veulent-ils encore ?... un cadavre?... ils l'auront:
Par le malheur mon ame est ulcérée;
Bientôt à la douleur mes yeux se fermeront,
Et mes lâches tyrans n'auront
A me laisser pour dot qu'une tombe ignorée.
Je suis fou, disent-ils, et ma voix sans échos
N'a pu faire entendre sa plainte ;

Et les cœurs glacés par la crainte
N'ont point osé déjouer leurs complots.
    La vérité froisse l'oreille
    De ces automates dorés
    Qui, n'étant encor rien la veille,
Ne se rappellent plus, une fois empourprés,
    Qu'un peuple oublié les surveille,
    Et que, si long-tems il sommeille,
On peut aussi le voir, terrible à son réveil,
Des beaux jours de Juillet honorer le soleil.
Les promesses des rois devraient être sacrées!
    A notre sort leurs veilles consacrées
Devraient, en promulguant de populaires lois,
    Nous forcer à chérir leurs droits.
Une goutte de sang ternit un diadême;
Un sceptre d'or échappe aux sanguinaires mains,
    Et les faveurs du rang suprême
Ne peuvent préserver les tyrans inhumains
    D'entacher leur front d'anathême.
    Au pied du trône est un cercueil,
Que ne peut éviter le monarque parjure;
L'aurore d'un beau jour offre une nuit de deuil.

Souvent les vers font leur pâture
D'un cœur qui, le matin, palpitant d'avenir,
N'est plus le soir qu'un souvenir!...
Le noir corbillard suit le brillant équipage,
Emblême de l'orgueil des favoris des cours ;
La fange souille le visage
Du pauvre, mendiant quelques légers secours ;
Le char, d'une course rapide,
En parcourant les boulevards,
Fixe les curieux regards
D'une foule à l'ame stupide ;
Les portes d'un palais s'ouvrent avec fracas :
Des valets à riche livrée
Vont offrir l'appui de leurs bras
A son excellence titrée
Qui court prendre sa part d'un splendide repas...
Il dort... Près de lui la mort veille...
Le lendemain, sur le même chemin
Que le char parcourait la veille,
D'un glas de mort bruït le lugubre tin tin.
Et cette même populace
Qui, la veille, à la même place,

Du Crésus orgueilleux enviait le destin,
        Voit passer son lit funéraire,
        Seul bien que le champ mortuaire
Accorde au mendiant, ainsi qu'au souverain...
        Je suis fou parce que je pense ;
Parce que ma raison dans la même balance
        Pèse les actions des peuples et des rois ;
        Parce que, de tous tems, ma voix
Fut de la vérité le fidèle interprète.
        Je suis fou parce que ma tête,
        Dans l'antichambre de l'orgueil,
        N'a point fait de vile courbette ;
Parce que des palais où la grandeur valette
On ne m'a jamais vu franchir l'antique seuil !..
        Mais le trépas va finir mon supplice,
        Despotes ! réjouissez-vous !...
        Mourant, j'abandonne la lice
        Où j'ai succombé sous vos coups.
Demain le cœur du fou ne battra plus au monde ;
        Demain, geôlier d'un bourreau couronné,
Du fou tu n'auras plus, en terminant ta ronde,
        Qu'un froid cadavre au cercueil destiné !

LA MOUSTACHE.

A l'instant, sur un mot donné,
On veut que j'exerce ma muse.
Je tremble d'être mal mené :
Un poète aisément s'abuse.
Ah! soyez censeur indulgent,
Et je vais, pour remplir ma tâche,
Plein d'un espoir encourageant,
Faire des vers sur la moustache.

Une moustache est l'ornement
Et l'emblême de la vaillance;
Aussi, jamais impunément
Ne lui voit-on faire une offense.
Elle décore la valeur,
Sert d'épouvantail au bravache,
Et l'on est sûr, au champ d'honneur,
De voir s'illustrer la moustache.

On voit souvent un marjolet,
Par qui la moustache est portée,
Laisser sans vengeance un soufflet
Reçu sur sa face éhontée.
Sans cesse en butte à maint lardon,
Il est aisé, sans qu'il se fâche,
D'arracher à ce mirmidon
Poil par poil sa jeune moustache.

Le beau sexe lorgne en secret
Une moustache retroussée ;
Sa vive rougeur nous permet
D'expliquer sa douce pensée.
Goûtant les plaisirs du sérail,
Tête qu'ombrage un blanc panache
Offre ses lèvres de corail
Aux froissemens d'une moustache.

Felsheim et Brandt, dans leur manoir,
Chauds partisans de la bouteille,
Largement, du matin au soir,
Fêtaient le doux jus de la treille.

Quand Felsheim passa l'Achéron ,
Fidèle au saint nœud qui l'attache,
Brandt du haut et puissant baron
Porta sur son cœur la moustache.

Une nuit, d'un amant heureux
Moustache à moitié fut coupée,
Et par un page audacieux
L'attente d'un bon roi trompée.
Son œil, pour punir l'indiscret,
Sur chaque courtisan s'attache.
Qui condamner? Henri n'avait,
Comme eux, qu'un côté de moustache.

Je hais le Crésus fastueux
Qui, sans avoir l'ame attendrie,
Peut voir un soldat malheureux
Lui tendre une main amaigrie.
Sous l'hermine et sous le satin
Le vice scandaleux se cache,
Quand le brave, souvent sans pain,
Montre avec orgueil sa moustache.

Sur les lèvres d'un tabarin
La moustache sert de risée;
Sur celles de maint citadin
On la voit souvent méprisée.
Narguons ces chevaliers errans,
Tremblant devant une cravache;
Mais de nos braves vétérans
Sachons respecter la moustache.

LES PANTINS.

—

Pantins,
Pantins
Dont les parchemins
Ouvrent tous chemins ;
Oh! quels pantins!...

Que voyons-nous à la ronde
Tourner au gré de tous vents,
Et toujours dans ce bas-monde
S'engraisser à nos dépens ?
　　　Pantins, etc.

Parfumé de musc et d'ambre,
Le dos souple et l'air câlin,
Qui valette à l'antichambre
D'un noble au regard hautain ?
　　　Pantin, etc.

Cette horde de tartufes
Dont le front est avili,
Qui, pour se gorger de truffes,
Dîne à l'hôtel Rivoli :
      Pantins, etc.

Tous ces brocanteurs de cierges,
Tous ces imberbes héros,
Dont les glaives encor vierges
Se rouillent dans les fourreaux :
      Pantins, etc.

Tous ces vautours faméliques,
Plats courtisans du pouvoir,
Aux monarques despotiques
Donnant des coups d'encensoir :
      Pantins, etc.

Cafards à rouge livrée,
Qui, la croix d'or sur le sein,
Du ciel procurent l'entrée

A tout riche libertin :
Pantins, etc.

Ces beaux-esprits diaphanes,
Orgueilleux d'un nom titré,
Lançant des ruades d'ânes
Sur le génie ignoré :
Pantins, etc.

Ces rivaux de don Quichotte
Fréquentant le Carrousel,
Prêts à pousser une botte
Pour le trône et pour l'autel :
Pantins, etc.

Rois que la pourpre environne,
Que l'encens vient aveugler,
Qui sommeillent sur un trône
Qu'un rien peut faire écrouler :
Pantins, etc.

Crésus d'illustre naissance :

Ministres, pairs, députés,
Automates que la France
Surcharge de dignités :
Pantins,
Pantins,
Dont les parchemins
Ouvrent tous chemins,
Oh ! quels pantins !...

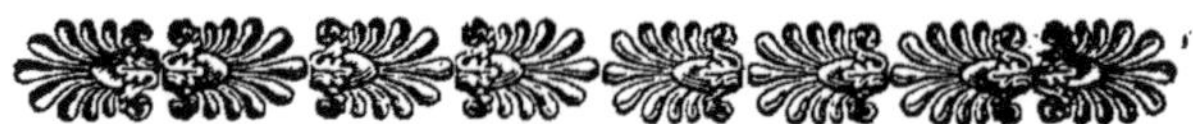

LES POLONAIS.

—

Trois fois honneur aux braves Polonais !
    Sur leur destin versons des larmes ;
Gloire immortelle à leurs brillans hauts-faits !
    Ils étaient nos compagnons d'armes !...

    Lassés de voir river leurs fers,
    Brisant un honteux esclavage,
    Chacun d'eux prouve à l'univers
    Ce que peut un mâle courage :
Trois fois honneur aux braves Polonais ! etc.

    De Kosciusco le souvenir
    Enflamme leur cœur magnanime ;
    Ils cherchent un autre avenir
    Par un héroïsme sublime :
Trois fois honneur aux braves Polonais ! etc.

Ils s'arment pour la déité

Vierge de sceptre et de couronne;

Combattent.... et la royauté

Craint de voir s'écrouler son trône :

Trois fois honneur aux braves Polonais !

Le nombre accable la valeur ;

Bravant le sort qui les opprime,

Chaque héros, au champ d'honneur,

Devient une illustre victime!

Trois fois honneur aux braves Polonais !

La Pologne, en habits de deuil,

Pousse un dernier cri de victoire....

Autour de son vaste cercueil

Est une auréole de gloire!...

Trois fois honneur aux braves Polonais! etc.

Lorsqu'un beau trépas rompt l'essor

De leur héroïque vaillance,

Leur faible voix murmure encor

Un dernier appel à la France...

Trois fois honneur aux braves Polonais! etc.

7e LIV.   7

Le sol qu'aima la liberté,
Qui de leur noble sang s'arrose,
Transmet à la postérité
Leur immortelle apothéose :
Trois fois honneur aux braves Polonais!
Sur leur destin versons des larmes ;
Gloire immortelle à leurs brillans hauts-faits !
Ils étaient nos compagnons d'armes!...

YZOLINE.

—

Le vent siffle à travers le gothique manoir,
    Et, par son haleine glacée,
    Flétrit un cœur où la pensée,
    Veuve d'amour, veuve d'espoir,
    D'un cercueil est la fiancée!...
    Dans des yeux éteints sont des pleurs,
    Sur des lèvres plus de sourire ;
    On n'entend là que le cri des douleurs ;
Là, se voit de la Mort le ténébreux empire.
La couronne d'amour sur un front virginal,
    En se fanant, tombe effeuillée ;
D'un rêve de quinze ans la beauté dépouillée
    Revêt le linceul sépulcral.
    Pauvre Yzoline ! tu fus belle ;
Ton enfance rieuse appelait l'avenir ;
    Ton cœur, à ses sermens fidèle,

Palpitait d'un doux souvenir.
Ouvrant aux malheureux ta porte hospitalière,
Tu visitais le châlet enfumé ;
Ton palais était la chaumière
Qui recélait le bien-aimé.
Foulant aux pieds l'orgueil d'une haute naissance,
Avec le nom d'époux tu voulais enrichir
L'humble vassal qui, fier de te chérir,
En souriant à sa noble indigence,
Osa braver la perfide vengeance
D'un rival dont le bras s'arma pour le punir.
Sous le fer assassin l'infortuné succombe.
Yzoline ! où cours-tu ?...Fuis !... Cet humble séjour,
Silencieux comme la tombe,
N'a plus d'échos pour ton amour.
D'un feu si pur s'est éteinte la flamme ;
Pauvre enfant!... ce lien, tissu par le bonheur,
N'est qu'un souvenir de ton cœur,
Qu'un triste penser de ton ame.
Celui qui tant savait aimer
S'offre à tes yeux percé de blessures profondes.
Aucun pouvoir ne peut le ranimer ;

Les larmes ne sont pas fécondes !..
Mais tu n'en verses plus...Frappé d'un coup mortel,
    Si l'espérance t'est ravie,
    Ton cœur ne bat plus à la vie ;
    Ton œil fixe accuse le ciel ;
  Et, du malheur répondant à l'appel,
Tu t'asseois au banquet où sa voix te convie.
    Plus de fraîcheur, plus de beauté :
De l'hiver revêtant la robe glaciale,
    Ton printems sera sans été ;
Ton amour s'éteindra sans couche nuptiale !
    Autour de ce châlet de deuil
    Yzoline est une ombre errante,
    Dont la voix faible et gémissante
    Demande à la mort un cercueil.
    Sa prière fut exaucée :
Sous le chaume désert elle s'en vint mourir ;
Et pour le bien-aimé fut son dernier soupir
    Joint à sa dernière pensée !...

L'ESPÉRANCE, LA RÉALITÉ ET LE SOUVENIR.

Riche d'attraits, de beauté, d'innocence,
La douce Églé comptait seize printems.
Vague désir tourmentait son enfance,
Son cœur fuyait la douce paix des champs.
Dans la saison où tout se renouvelle
Églé sentait pressant besoin d'aimer;
Elle espérait trouver un cœur fidèle,
Qui vît ses maux et qui pût les calmer.

Edwin paraît. Il offre un tendre hommage.
Son fol amour est trop tôt écouté :
Églé se rend; un douloureux outrage
Chasse l'espoir par la réalité.
Aux yeux d'Edwin Églé paraît moins belle;
Un autre objet bientôt sait l'enflammer.
A son premier amour Églé fidèle
Pleure ses maux et ne peut les calmer.

Mais le tems fuit ; une obscure vieillesse
De la pauvrette est le seul avenir ;
De son amour, de sa coupable ivresse,
Églé n'a plus qu'un fatal souvenir.
Les prés, les champs, les fleurs, tout lui rappelle
L'ingrat Edwin qui l'avait su charmer ;
Et, dans l'oubli, cette amante fidèle
Périt des maux qu'elle ne put calmer.

CHANSON PHILOSOPHIQUE.

Mes amis, chacun dans ce monde
Subit les arrêts du destin ;
Oui, tous les mortels à la ronde
Parcourent le même chemin.
    Le laboureur,
    Le grand seigneur,
Vont chaque jour faire le grand voyage ;
    Le fou, le sage,
    Pareillement,
Font tour-à-tour ce déménagement.
    Si, dans une égale voiture,
    De ce monde on nous voit partir,
    Il nous faut gaîment obéir
    Aux lois de la nature.

    Un gastronome octogénaire,
    Qui prend son ventre pour autel,

Sa cuisine pour bréviaire,

Pour curé son maître-d'hôtel,

Dans un festin,

Le verre plein,

Adresse un toast au nocher du Cocyte :

Vrai Sybarite,

Sans nul chagrin,

Il s'endort en fredonnant ce refrain :

Si, dans une égale voiture, etc.

Un vieux docteur en médecine,

Chéri de tous les fossoyeurs,

Tâtant le pouls à sa voisine,

Lui disait : A quoi bon ces pleurs ?

Si le hasard,

Malgré mon art,

Vous fait bientôt visiter l'onde noire,

Veuillez me croire,

Sans nul retard,

Par ce refrain charmez votre départ :

Si, dans une égale voiture, etc.

Porteur d'une vieille moustache,

Un vétéran plein de valeur
Montre un habit vieux, mais sans tache,
Paré du signe de l'honneur;
Narguant Plutus,
Fêtant Bacchus,
Il vit en paix dans son humble chaumière;
De sa carrière
Il voit la fin;
Mourant, sa voix murmure ce refrain :
Si, dans une égale voiture, etc.

Forcé de quitter sa couronne,
Pour passer la barque à Caron,
Auguste [1], d'une humeur bouffonne,
Se fit coiffer en histrion;
Tous ses flatteurs,
Les yeux en pleurs,
Voulaient en vain s'efforcer à sourire :
Il les fit rire
Agonisant,

[1] Auguste, empereur romain. (Historique.)

Et s'endormit pour toujours, en disant :
    Si, dans une égale voiture, etc.

    Près de terminer sa carrière,
    Le célèbre Politien
    Voulut se rendre à la prière
    D'un ami jeune Athénien.
        Il prend son luth,
        Paie un tribut
Au blond Phœbus dont il était l'élève ;
        Puis, comme un rêve,
        Il disparaît,
Et son ami l'entend qui murmurait :
    Si, dans une égale voiture, etc.

    D'une vieillesse décrépite
    Pour ne point supporter les maux ,
    Le sage et joyeux Démocrite
    De la mort emprunta la faulx.
        Suivant mon goût,
        J'ai ri de tout,
Dit-il. Salut pater et patenôtres ;

Des bons apôtres,
Aux sombres bords,
Je vais gaîment signer les passeports:
Si, dans une égale voiture, etc.

De Néron bravant la vengeance,
Pétrone, choisissant sa mort,
Par une sage prévoyance,
Sut insulter aux coups du sort.
Tous ses amis
Sont réunis:
Comme eux il chante, il joue, il boit, il danse;
L'heure s'avance,
Il entre au bain,
S'ouvre la Veine et chante ce refrain:
Si, dans une égale voiture, etc.

Prêt à faire le grand voyage,
Le facétieux Rabelais
S'entretenait avec le page
De son protecteur Dubellay.
Dans un moment,

Dit-il gaîment,
Tu peux partir, car la farce est jouée ;
Place est louée
Dans le bateau ;
Jusqu'au revoir, vas, tire le rideau :
Si, dans une égale voiture, etc.

Puisque les hommes de génie
Sont critiqués par nos Fréron ;
Que notre docte Académie
Reçoit maint maître aliboron,
D'un ton railleur,
D'un ris moqueur,
Bravons les traits d'une sotte critique ;
Faisons la nique
A tout censeur ;
Trinquons, buvons et répétons en chœur :
Si, dans une égale voiture,
De ce monde on nous nous voit partir,
Il nous faut gaîment obéir
Aux lois de la nature.

MON ÉPITAPHE.

Ci-gît qui pour toujours rendit aux élémens
Un corps qu'il en reçut pour peu, mais trop de tems..
Affranchi des erreurs auxquelles, dès l'enfance,
Des êtres sans pudeur enchaînaient sa croyance,
Sans crainte, sans remords, quittant un monde faux,
Il ne vit dans la mort qu'un terme à tous les maux.

LES FRANÇAIS SONT TOUJOURS FRANÇAIS.

—

Muse, pourquoi briser ta lyre?
Secoue un si honteux sommeil.
Chante! la liberté t'inspire;
Chante du peuple le réveil.
Rougis de ta longue agonie;
La gloire eut pour toi des attraits;
Qu'elle enflamme encor ton génie:
Les Français sont toujours Français !

France! Dans un obscur servage
Gémissaient tes nobles enfans;
Brisant les fers de l'esclavage,
Ils s'arment!... Où sont leurs tyrans?
La République les appelle...
Ils courent punir des forfaits:
Couverts d'une gloire immortelle,
Les Français sont toujours Français !

Les sables brûlans d'Arabie
Où règne un fléau destructeur,
Les frimats glacés de Russie
N'ont point abattu leur grand cœur.
Le trépas!... Peuvent-ils le craindre?...
Chez eux la peur n'a point accès;
Ils savent souffrir sans se plaindre :
Les Français sont toujours Français!

Un héros marchait à leur tête;
Mais la trahison était là.
La mort sourit à sa conquête,
Et le grand homme s'exila.
Vers le rocher de Sainte-Hélène
S'exhalèrent de longs regrets.
La pensée affronte la haine!...
Les Français sont toujours Français!

Notre malheureuse patrie
Tend ses mains à des fers dorés;
Le vandalisme salarie
Un essaim d'esclaves titrés.

Un roi que l'étranger nous donne
Change nos lauriers en cyprès;
Mais pour abattre sa couronne
Les Français sont toujours Français!

Nobles enfans de la Victoire,
Jadis l'élite des guerriers,
Pourquoi courber ainsi, sans gloire,
Vos fronts qu'attendent les lauriers?
Lorsqu'une horde famélique
Ose insulter à vos hauts-faits,
Répondez d'un ton énergique:
Les Français sont toujours Français!

De ses maux la France lassée
S'écrie en un noble transport:
L'esclavage éteint la pensée!
L'esclavage est une autre mort!
Liberté, bannis tes alarmes,
Tu verras combler tes souhaits;
Pour toi mes fils volent aux armes!
Les Français sont toujours Français!

L'acier brille, le bronze tonne,
Et le beau soleil de Juillet
Éclaire les débris d'un trône
Où la royauté sommeillait.
L'esclavage a brisé ses chaînes,
Lutèce ennoblit ses succès :
Plus de vengeances ! plus de haines !...
Les Français sont toujours Français !

Notre bannière tricolore
Fait pâlir le front des ultra ;
D'un fier regard le coq dévore
Les champs où l'aigle s'illustra.
Dignes de notre renommée,
Des rois visitons les palais.
Qu'on dise encor de notre armée :
Les Français sont toujours Français !

LE RETOUR DE JUSTIN.

—

Vengeur des fils de la Morée,
Justin, l'Achille des guerriers,
Aux pieds d'une amante adorée
Venait déposer ses lauriers :
Ma Lise, bannis tes alarmes,
L'amour me ramène en ces lieux.
Mes baisers essuîront tes larmes :
Plus d'éloignement! plus d'adieux!

A travers ce riant bocage
Où mon cœur palpite d'amour,
Je vois le clocher du village
Où ma Lise a reçu le jour :
Quel doux moment pour ma tendresse!
Quel souvenir délicieux!
L'hymen va combler mon ivresse :
Plus d'éloignement! plus d'adieux!

Que douce sera ta surprise,
De voir, à ton réveil, Justin
Cueillir sur les lèvres de Lise
Le premier baiser du matin!..
L'heure approche, ô ma bien-aimée!..
Où je vais, loin des envieux,
Dire à ton oreille charmée :
Plus d'éloignement ! plus d'adieux!..

Il dit : une croix solitaire
Frappe ses regards attendris;
Bientôt, d'une urne funéraire
Son œil découvre les débris :
Du fond de la tombe isolée
Un écho superstitieux
Répète au loin dans la vallée :
Eloignement!... derniers adieux !

Le lendemain, l'airain sonore,
Par un lugubre tintement,
A tout le hameau, dès l'aurore,
Annonce un triste événement;

Justin a rejoint son amante...
Depuis, chaque couple amoureux
Se dit, le cœur plein d'épouvante :
Point d'éloignement ! point d'adieux !...

LA PLUME.

—

La plume aux Grâces, aux Amours
Sert d'attribut et de parure;
Sous la plume on voit tous les jours
S'embellir encor la nature.
Lorsqu'à Léda le roi des cieux
Parle du feu qui le consume,
Ce dieu vient s'offrir à ses yeux
Métamorphosé sous la plume.

Avec la plume un jeune amant,
Loin de l'objet de sa tendresse,
Éprouve un doux soulagement
A l'affreux ennui qui l'oppresse;
De deux amis brouillés entr'eux
Bien souvent le feu se rallume;
Ce raccommodement heureux
A qui le doit-on? A la plume.

La plume entretient le bonheur
De l'orgueilleux capitaliste;
La plume sert d'arme à l'auteur,
Et de stylet au libelliste.
La haine veut de Béranger
Abreuver les jours d'amertume;
Mais la France sait le venger
En immortalisant sa plume.

C'est sur un duvet cotonneux
Que, d'Amour savourant les charmes,
Agnès, en me rendant heureux,
Jette un cri que suivent des larmes.
Chaque jour Thémis et Plutus
Doivent leurs faveurs, je présume,
Moins à leurs factices vertus
Qu'à l'art magique de leur plume.

Henri, prêt à verser son sang,
Aux nobles champs de la victoire,
Dit : Suivez mon panache blanc,
Soldats, si vous aimez la gloire...

Mais il est tems de m'arrêter,
Car j'écrirais plus d'un volume,
Si je voulais vous raconter
Tout ce qu'on fait avec la plume.

LA GARNISON TOULOUSAINE.

(5 AOUT 1830.)

—

Ne respirant que les forfaits
Un roi parjure et sanguinaire
Menaçait tous les bons Français
Du poignard d'un lâche sicaire;
La cité d'Isaure se rit
Des projets qu'enfante sa haine :
Ne connaît–elle pas l'esprit
De la garnison toulousaine?

Une horde de scélérats
En secret s'arme pour le crime;
Déjà son homicide bras
Est prêt à frapper la victime.
Quand l'airain sonnera minuit,
Sa vengeance sera certaine.

Non!... ce projet sera détruit
Par la garnison toulousaine.

D'un despote les vils flatteurs
Veulent nous traiter en esclaves ;
Mais l'étendard aux trois couleurs
Fixe les regards de nos braves ;
A son noble aspect, tout guerrier
Se souvient du grand capitaine...
Chacun de nous doit un laurier
A la garnison toulousaine.

La Discorde attend le signal ;
Le glaive est tiré. Tisyphone
Espère sur le front royal
Ceindre une sanglante couronne ;
La Mort plane sur la cité
Que protège l'aigle romaine :
Mais elle doit sa liberté
A la garnison toulousaine.

Enfans d'Isaure, à nos sauveurs
Tendons chacun la main d'un frère.

Avec nos vaillans défenseurs
Formons l'union la plus chère :
Et que ce cri, par mille échos;
Parvienne aux héros de la Seine :
Faible hommage des libéraux
A la garnison toulousaine.

AMANDA.

—

Fuis loin de moi, mensongère espérance ;
Eloigne-toi, songe trompeur...
Des tombeaux l'effrayant silence
Doit seul encor plaire à mon cœur.
Je touche au terme de ma vie ;
Ma jeunesse est sans lendemain.
Au funèbre banquet le destin me convie ;
Un tintement lugubre a fait gémir l'airain,
Et des pensers d'amour troublent ma dernière heure,
Et, près de visiter ma dernière demeure,
Le nom du bien-aimé fait palpiter mon sein.

L'amour l'unit à la tendre Azélie !...
Avec moi mourront ces aveux.
Son amante est jeune et jolie,
L'hymen va couronner leurs vœux...

Ne trouble point leur destinée,

Amanda, souris à leur sort;

Une tombe, voilà ton autel d'hyménée;

Voyageuse d'un jour, déjà je touche au port!

Un froid linceul sera ma robe nuptiale;

Des cyprès orneront ma couche virginale,

Et, pour refrains joyeux, j'aurai des chants de.

Il est époux!... Surmontons ma faiblesse;

Oui, le serment est prononcé.

A son bonheur je m'intéresse.

Hélas! le mien s'est éclipsé!...

Si je pouvais le voir encore!...

Entendre le son de sa voix...

Quel désir!... Amanda... que toujours il l'ignore!

Je l'ai vu ce matin pour la dernière fois.

Demain j'aurai vécu... Non loin de la chapelle,

La tombe aura reçu ma dépouille mortelle.

Demain, d'un dieu clément je subirai les lois.

Je la portai lors de son arrivée

Cette fleur, symbole de deuil!

Avec soin je l'ai conservée,
Elle parera mon cercueil.
Comme elle, hélas! je suis flétrie,
Notre sort n'a plus d'envieux.
Oui, cette fleur retrace à mon ame attendrie
L'instant de son séjour, celui de nos adieux!...
Il l'a touchée!... Il la reconnaîtra peut-être;
Mais jamais, non jamais, il ne pourra connaître
Quelle fut mon idée en l'offrant à ses yeux...

A lui ma dernière pensée;
A lui que je crains de nommer,
Une heure... Elle est sitôt passée,
Une heure encor je puis l'aimer!...
Elle se tait. L'airain sonore
Frappe un lugubre tintement;
Amanda, croyant voir le mortel qu'elle adore,
Fait entendre le nom chéri de son amant,
Et meurt... Le lendemain, au convoi funéraire,
On vit sur le cercueil une fleur solitaire,
Mais elle ne fut pas la fleur du sentiment!...

MINUIT.

—

Il est minuit! sur mon humble couchette
En vain Morphée effeuille ses pavots;
Ma muse veille, et Momus en goguette
De sa marotte agite les grelots.
Le sommeil fuit : ma lampe brûle encore,
D'un bol de punch flamme bleuâtre luit ;
Ciel étoilé promet riante aurore.

Je prends ma lyre et je chante minuit.
Dans un hameau, le chaume héréditaire
Rassemble autour d'un foyer pétillant
Des villageois auxquels un centenaire
De contes bleus fait un récit brillant.
D'un blanc fantôme il raconte l'histoire ;
Du spectre affreux le regard les poursuit...
Et de terreur frissonne l'auditoire
En entendant l'airain sonner minuit.

Dans une alcove aux amours consacrée,
En souriant, on voit le dieu malin
Fixer l'aiguille où l'heure désirée
Va lui permettre un amoureux larcin.
Tendre plaisir sous un tissu de gaze
Agite un cœur que son art a séduit;
Et des soupirs entrecoupent la phrase
Que le désir adressait à minuit.

Dans un salon qui reçoit maint convive
On voit assis, autour d'un tapis vert,
Gens à l'œil fixe, à l'oreille attentive
Qui, sous leurs pieds, ont un abîme ouvert.
Ces insensés qui rêvent d'opulence,
Dans un espoir qu'une carte détruit,
Sont, n'ayant plus pour dot que l'indigence,
Vivans le soir, cadavres à minuit.

Sous les rideaux de la fière opulence
L'Hymen s'endort près d'un jeune minois
Qui de l'Amour appelle la présence;
L'enfant ailé lui fait chérir ses lois.